칠흑 고요

칠흑 고요

제7호

고요아침

오래된 미래, 시의 원형을 찾아

요즈음 금강을 걷고 있습니다. '4대강 가꾸기' 사업의 영향으로 사라져버릴 지도 모를 금강의 본래 모습을 눈에 담고 마음에 새기는 여정입니다. 금강 지천을 따라 걷다 보면, 맨발로 여울을 건너다보면, 물끄러미 강물을 바라다보면 금강이 이리도 아름다웠나 새삼 놀라고 감동하는 순간이 잦습니다. 무거운 몸도 가뿐해지곤 합니다.

지난달엔 금강의 심장이라 일컫는 천내습지에 다녀왔습니다. 금산군 천내리와 용화리 건너편에 자연적으로 만들어진 습지입니다. 금강 본류의 물이 흐르는 공간과 일년에 두세 번 큰물이 져야 강물과 몸을 섞는 둠벙도 여러 개 있습니다. 물고기, 곤충, 새들뿐만 아니라 약 300여 종 이상의 다양한 동식물이 어우러져 살아가고 있는 서식처이자 휴식처인 곳이죠. 이러한 독특한 생태계 보존의 필요성을 인식해 지금은 개발하지 않는 쪽으로 기울어지고 있다는데요. 30년 전엔 하천정비사업의 일환으로 습지를 밀어내고 강바닥을 파내는 준설작업을 했었다고 합니다. 그러나 불과 30년 만에 다시 자연적으로 습지가 복원되었다고 합니다. 강폭이 넓어 모래톱이 형성되는 지형적인 환경을 무시한 개발은 실패를 낳는다는 것이고, 자연의 원형은 어떠한 인위적인 손질로도 훼손되지 않는다는 교훈을 얻은 셈이죠.

금강을 걸으며 우리 채송화가 지향하는 바도 이와 같지 않을까 생각했습니다. 자연의 원형을 찾는 일이 진정한 개발이듯 장황한 수사와 수다스러움을 절제하면서 짧고 깊은 울림을 주는 시의 본류, 시의 원형을 탐색하는 길이 채송화의 여정이라고 말입니다. 결코 쉽지 않은 고행입니다. 온몸이 붉어지는 부끄러움 속에서도 멈출 수 없는 것은 이 길에서 얻는 배움이 크기 때문입니다. 누구나 가방 안에 시집 한 권쯤은 넣고 다녔던, 작은 시집이 좋은 선물이 되던 예전의 풍경이 너무나 그립기 때문입니다.

어느덧 일곱 번째 채송화를 피웠습니다. 그만큼 동행하는 걸음도 많아졌습니다.

최근 우리 사회의 화두로 떠오르는 있는 '오래된 미래'는 미래로 가는 길은 오히려 오래된 과거에서 찾아야 한다는 말입니다. 시의 온고이지신溫故而知新을 추구하는 〈작은詩앗·채송화〉의 정신도 나날이 벼려지고 여물어질 것입니다.

작은詩앗·채송화

김길녀_나기철_나혜경_복효근_오인태_

윤 효_이지엽_정일근_함순례(글)

김남조(고문)

차례

■ 동인 신작시

▌채송화가 읽은 좋은 시

▌채송화 시론

저녁눈

박용래

늦은 저녁때 오는 눈발은 말집 호롱불 밑에 붐비다

늦은 저녁때 오는 눈발은 조랑말 발굽 밑에 붐비다

늦은 저녁때 오는 눈발은 여물 써는 소리에 붐비다

늦은 저녁때 오는 눈발은 변두리 빈터만 다니며 붐비다.

 초대시

강우식 | 이가림 | 문인수

물

강우식

살면서
물먹지 않은 이
어디 있으랴.

잠자리

강우식

이름처럼 잠자리에 들지도 못하고
한 줄로 끝내주는 연애편지를 위해
썼다 지우고 지웠다 다시 쓰며
마침내 몽당연필이 된 가을 잠자리.

강우식 | 1941년 강원도 주문진에서 태어나 1966년 〈현대문학〉으로 등단한 시인은 야수파적 에로티시즘을 사행시에 연달아 담아내 독자를 놀라게 했다. 지금은 삶과 자연을 보다 넉넉한 시행으로 노래하고 있다.

새

이가림

하늘과 땅을
이어주는 이음새

그래서 사람들은
그 이음새를
줄여서 새라 부르나 보다

촛불소묘 5

이가림

뼈도
재도 남기지 않는
절대소멸의 꽃

빛으로 태어나
빛으로 죽는
환한 생애

그에겐
한마디 유언조차
사치일 뿐

이가림 | 1943년 중국 만주에서 태어나 1966년 동아일보로 등단한 시인은 우리의 삶과 삼라만상의 메아리를 전하는 시대의 야경꾼을 자임하면서 지성과 감성을 토대로 교감의 시학을 열어가고 있다.

참 놀라운 봄

문인수

나는 올해도 이 골목 두 번째 모퉁이를 돌자마자 "앗, 깜짝이야."하고 놀란다. 놀란 척이라도 한다. 그러면 키 큰 목련나무는 정말 번번이 놀란다. 어느 날 갑자기 핀 흰 꽃 무더기, 흰 꽃 무더기가 한꺼번에 화들짝, 놀라 번지는 거다.

모임

문인수

11월, 바람이 차다.
은행나무 가로수 밑둥치마다
노란 낙엽들이 처음으로 소복소복 모였다.
조금씩 따스해지는지
너의 이름, 그리고 너의 이름,
달싹달싹
곰곰이 되뇌고 있다.

문인수 | 1945년 경북 성주에서 태어난 시인은 1985년 〈심상〉으로 등단
하여 오늘에 이르기까지 『배꼽』 외 다수의 시집을 내며, 눈부신 혜안과
직관으로 사물과 사람 속으로 파고드는 서정시의 진수를 빚어내고 있다.

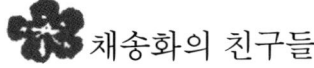채송화의 친구들

강희안 | 고우란 | 권덕하 | 안효희 | 이 공 | 이성배 | 이응인

바람경經

강희안

바람으로 와서 풀잎이 되고
빈 강물로 와서 새떼 날리듯
추녀 끝, 메아리로 다가와
땡그르르 풍경 일깨웠으리
저토록 먼 별 돌아 나와서

구멍

강희안

사는 게 (　)다
(　)에 빠져
첫 (　)에 꿰인 날

강희안 | 1965년 대전에서 태어나 1990년 〈문학사상〉으로 등단하여 『나 탈리 망세의 첼로』 등의 시집을 냈다. 언어 표현의 다양한 영토를 개척하 려는 의지로 실험정신이 강한 시를 쓰며 상상력의 날개를 펼치고 있다.

곡우를 건너다

고우란

 목련꽃이 질 때는 나비의 겨드랑이에서 수상한 냄새
가 난다고 그가 말했지 또, 무어라 둘러대며 그냥 흘러
가는 물 그늘에

수국 너머

고우란

내 안에 풀리지 않는 숫자들이 발돋움하여 하얗게 부풀어 오르다가 송이송이 꽃송이 다 피어나고

엄마, 하고 부르면 멀리 가버린 엄마가 오시어 내어주는 눈물 밥 한 그릇

고우란 ㅣ 1963년 제주에서 태어나 2007년 〈리토피아〉로 등단하여 시집 『호랑이 발톱에 관한 제언』을 냈다. 빙설 아래 흐르는 물처럼 늘 깨어 있으면서, 드넓은 대양으로 비상하기 위하여 오늘도 시의 발톱을 벼리고 있다.

시인

권덕하

벗어 놓은 양말 한 켤레 발목 빠진 맨발처럼 서 있다

눕지 못하고 서서 잠든 착한 짐승 하나 더 있다

싸락눈

권덕하

산마루부터 따라온 강아지 한 마리, 닫힌 대오리 창
호 두 발로 긁어대고 있다

권덕하 | 1958년 대전에서 태어나 2006년 〈시안〉으로 작품활동을 시작
했다. 평론을 겸하고 있으나 시인으로 깨어 있기를 꿈꾸며 구봉산 자락
휘돌아가는 강물과 노루벌 바람을 받아 적고 있다.

앵두나무 아래

안효희

우물이 없어도, 바람난 처녀가 없어도
파리바게트 옆 앵두나무 앵두

알록달록 여자들 하하 호호
열매를 딴다

입술 같은 앵두에 술을 부어
사랑이 무르익으면……

저렇게 파란 하늘
바람아 한 번쯤 내게로 불어오렴

달빛 아래

안효희

우포에 밤이 왔어

푸드덕 물의 냄새, 새처럼 날았지

두 팔을 벌려, 가시가 없는 밤의 한가운데를 안았어

둥둥 보름달

바지랑대에 실을 매달아 꿰었지

졸졸 따라오는, 휘휘 흔들리는 저 환한⋯⋯

안효희 | 1958년 부산에서 태어나 1999년 〈시와사상〉으로 등단했다. 시집으로 『꽃잎 같은 새벽 네 시』가 있으며, 한 그루 나무처럼 한 줄기 바람처럼 스쳐가는 모든 것들이 시가 되는 날이 오기를 꿈꾼다.

파문

이 공

돌의 날개를 본 적이 있다.

당신 생각만 해도 어둑해지던 강가
당신 생각으로 굳어져버린 돌 하나 다듬어서 물수제
비 뜰 때
떠오를 듯 가라앉을 듯 더 멀리 보내지 못한 채 멎은
자리.

미련처럼 가라앉아버린 그 자리에서
온통 당신 스치고 간 흔적밖에 없다고
둥근 날개 펴고 다시 내게로 돌아와 손등을 적시는
파문.

돌의 날개로 젖은 손등 말려본 적이 있다.

가장자리

이 공

햇살 잘 드는 쪽으로 자꾸 뻗어나가려는 가지
그 무게를 감당하기 위해 나무는
제 마음속 가장 어두운 곳에서부터 나이테를 새긴다.

뱃머리에 쓰이는 나무일수록 나이테가 촘촘하다.

이 공 | 본명 이재경. 1974년 경남 합천에서 태어나 2004년 〈열린시학〉으로 등단하였다, 지금은 남원에서 작은 횟집을 운영하며 그 죄 없는 생명들에게 진 빚을 갚는 마음으로 시를 옮겨 적고 있다.

파도

이성배

바다에 울러왔는데
파도가 먼저 와 울고 있다
푸른 눈알에서 밀려오는
수평의 눈물이
하얀 포말로 백사장을 적신다
그 눈물 속에 내 눈물방울 더하며
파도와 내가 함께 우는 날
남자가 크게 한 번 우는 날

커피 한 잔

이성배

커피 한 잔 마시는 사이
그녀가 딸아이 둘을 낳았다
커피 한 잔 마시는 사이
공화국이 세 번 바뀌었다
커피 한 잔 마시는 사이
전역군인이 되었다
커피 한 잔 마시는 사이
아버지가 없다
커피 한 잔 마시는 사이
내가 반 이상 사라지고 있다

이성배 | 1961년 경남 마산에서 태어나 1995년 육군 소령으로 전역해 2003년 시인으로 임관, 아직까지 복무중이다. 시보다 담배를, 커피를 사랑하는 시인으로 한국해양문학가협회 회원으로 바다에서 시를 건지고 있다.

콩 세 알

이응인

첨엔 내가 쓰윽 고개를 들었지.
붙어 있던 둘째도 끙 하고 어둠을 밀었어.
마주보던 셋째는 이얏 팔을 뻗었거든.
그제사 하늘이 덜컹 열렸단 말이야.
이래서 세상이 처음 생겨난 거야.

콩 한 알

이응인

콩이 한 뼘이나 자라도록
드문드문 빈자리.
눈길 줄 때마다 짠한 거기.
새로 씨앗 넣으려 헤집으니
노랗게 웅크린
콩 한 알
발가락 꼬물대고 있구나.

기다림이란 게
겨우 한 뼘인데.
한 뼘도 채 못 되는 것인데.

이응인 | 1962년 경남 거창에서 나서 1987년 무크지 〈전망〉 5집으로 등
단했다. 시집으로 『그냥 휘파람새』 등 5권이 있으며, 밀양에서 텃밭을
일구며 푸른 시를 꿈꾸며 살고 있다.

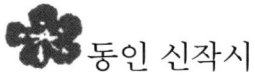동인 신작시

김길녀 | 나기철 | 나혜경 | 복효근 | 오인태

윤 효 | 이지엽 | 정일근 | 함순례

무섬

김길녀

찰랑거리던 물의 신발

고이 벗어 두고

폭염의 여름 한가운데

지친 몸 말리고 있는 외나무다리

무더위 속 사람들

검은 우산을 쓴 채

사행천蛇行川 물길 속에서

다리의 발바닥 기억들

주무르고 있다

성채

김길녀

중국 산성
우타이산 가는 길

75세 노스님
세 달째 오체투지로
순례중이시다

세상과 가장 가까이
몸 닿으니 그 얼굴에
햇살 가득하다

노승의 온몸이 하늘로
하늘로 길을 내고 있다

오래된 편지

김길녀

남극 빙하
얼음결 속에서 영원을 기다리던
혹등고래등에 핀 꽃 발라노스

꽃잎마다 켜켜이 쌓여 있는
얼음창고의 비밀들
부빙의 시간 속을 떠돌다,

쇄빙선 블루피터에 실려 왔다

물의 감옥에서 부쳐온
적요를 가만히 안는다

때,

김길녀

해질녘 여름 강에서 보았다

마른 땅 가까운 낮은 물결 속
치어들 송송,
조금 깊은 물결 속
중치들 숭숭,
물길 따르고 있었다

먼 길 나서야 하는 길의 때,
맨발로 저들에게서 배웠다

그림자 사랑법

김길녀

긴 장마 끝 찾아온
오후 두 시의 잘 익은 햇살
아래, 정류장에 서 있는
사람들, 벤치를 앞에 둔 채
은행나무 좁은 그림자에
나란히 나란히 서 있다

때로는 그늘이 빛보다
찬란할 때도 있다

어머니

나기철

나,
조금만 아파도
엄살이 심하다

일 년 더
아무 말 않고
누워 있는

이젠
다 끊고
자지러지시기 직전

투정할 데가 없는,

고맙다

나기철

밤새
몰아치던 비바람

어머니께 드리는
마지막 새벽 미사

끝나니
햇빛

도서관 밖
맑은 하늘이
유리창
닦았다

팔월

나기철

저 하염없이
불어대는
매미의 독주

내 방 FM
교향악이
반주해 주는

어머니
가신 지
한 달

빛나는

나기철

한 쌍의 남녀가
팔짱을 끼고
내 곁을
지나간다

그냥 풍경이다

그미가 내게
팔짱을 끼고
갈 때,

빛나는
카시오페아좌

파란 단풍 아래

나기철

네 미소는
새 소리로
오전 내내
내 집을 울린다

그 뒤
파란 단풍 아래
작약꽃 둘

자폐

나혜경

혜주가 제 볼을 자꾸만 때리는데
세게 맞아 울기도 하는데
숨은 불통不通은 꿈쩍도 않는다

아무렇게나 자라나고 있는 나의 자폐야, 따귀 한 대
올려붙여도 울지 않겠니?

싱싱한 깃발

나혜경

아찔한 바벨탑 이포보함안보에 나부끼는 깃발 몇 분

한강금강영산강낙동강 아픈 삽질에 대한 극진한 저
항의 몸짓

온전했던 것이 비바람에땡볕에외로움에사람에 할퀴
고 찢겨

너덜너덜 그래도 파닥파닥 펄럭펄럭

아득한 사막 끄떡없는 낙타걸음으로 흘러가는 그 발
자국

여기저기 방사했는지 구석구석 비명처럼 참 싱싱하
게도 휘날려

두 송이씩 지는 섬

나혜경

곱으로만 계산되는 그런 거리가 있다
한 발짝씩 다가가면 두 발짝 가까워지고
한 발짝씩 물러서면 두 발짝 멀어지는
이이는사 이삼은육 이사팔
꽃 피는 것도 환하게 두 송이
꽃 지는 것도 캄캄하게 두 송이

시 길들이기

나혜경

시 쓰다가 막힐 때마다
펜을 던져버리고 째려보며 한마디 한다
그래서 어쩌라고,
대꾸가 없다
시는 참 무던하다
구기고 걷어차이고 온갖 수모를 당하고도
뭐라 말이 없다

배영의 자세로 살기

나혜경

무서움에 차라리 맘과 몸을 맡기니
무서움이 나를 번쩍 안아 들어 올려주네
더 이상 젖지 않네

가훈

복효근

아파트 경비실 뒷벽에 누군가
가훈 액자를 버렸다

― 서로사랑하자

아니다 버린 게 아니다
사해가 일가라고
집 밖에 내다 건 것일지도 모른다

참새 한 마리 그 위에 앉아 번역에 바쁘다

어떤 외면

복효근

비를 그으려 나뭇가지에 날아든 새가
나뭇잎 뒤에 매달려 비를 긋는 나비를 작은 나뭇잎으
로만 여기고
나비 쪽을 외면하는
늦은 오후

달빛

복효근

새라도 날았더라면
거문고 소리 요란했겠다

너의 눈길

복효근

온통 울리고 가는 대신
풍경 그 청동의 표면에 살짝 입 맞추고 지나만 가는
바람처럼
아는가, 네가
아주, 잠깐, 설핏, 준 눈길에
안으로 안으로 동그랗게 밀물지던 그 설렘의 잔물결
고요히 한 생을 두고 일렁이는

진평왕과 놀다

복효근

살아서 천하를 호령하였다 해도
풀꽃 하나 피울 수 없었던 그
죽어 흙이 되어 무덤 위에 수많은 풀꽃을 피웠다
풀꽃이 되었다
벌노랑이꽃의 진평왕이여 가락지꽃, 민들레, 꿀풀꽃
의 진평왕이여
어느 통치자에게도 굴신하지 않겠다는
나기철 윤효 정일근 오인태 나혜경 김길녀 함순례 시
인 몇
아예 무릎을 꺾고 풀꽃에 머리를 조아렸다
왕의 기꺼운 신민이 되었다
비로소 통일천하 이루었다

독수공방

오인태

　홀로, 우두커니 지키는 방이거나, 우주란, 한 마리 독
수리이거나 결국 생은, 이 적요의 날카로운 발톱으로
날아오르거나, 사라지거나

품사론

오인태

봄—동사마다 살아나는구나!
여름—형용사마저 벗는구나!
가을—명사도 지는구나!
겨울—조사든 뭐든 죽는구나!

살모사詩

오인태

어머니를 땅에 묻고 천 일 동안 시 천 편을 썼다
어머니의 몸이 가시만 남은 생선처럼 해체될 무렵

내 몸에도 시 한 점, 한 방울 남지 않았다

이후, 천 편의 시를 하루에 한 편씩 사르며
천 일 동안 단 한 편의 시도 쓰지 않았다

내가 유일하게 시인인 때였다

언어탐구

오인태

  큰애가 고3 때 언어탐구 과목이 달려 논술학원을 찾
아 갔더란다. 원장이 학부모 신상을 확인하다가 고개를
갸웃거리며 돌려보내더란다. 결국 애는 수능 '언탐'에
서 낮은 점수를 받고 지방대학 이공계열을 선택했더란
다.

  대학에 입학하고서야 이 일을 고백하며
  눈물 글썽이는 애 앞에서 애비는 가슴을 쳤는데

  제 자식도 모르는 주제에 무슨 시를 쓰냐며,
  언어 탐구가 곧 인간 탐구라는 걸 모르는
  애비 또한 언어에 젬병이기는 마찬가지라며

  몇 해째 떠돌던 바람난 짐을 싸서 자식들이 있는 집
으로 들어갔더란다

국어학자의 가을

오인태

가을? 갈? 가다? 갈다? 칼? 갈아치우다?

이참에 저 지긋지긋한 놈을 단칼에 보내버려?

완생完生

윤효

그렇게 좋아하시던 홍시를 떠 넣어 드려도
게간장을 떠 넣어 드려도
가만히 고개 가로 저으실 뿐,

그렇게 며칠,
또 며칠,

어린아이 네댓이면 들 수 있을 만큼
비우고 비워내시더니
구십 생애를 비로소 내려놓으셨다.

— 완생完生

낯선 어둠

윤 효

저녁상에
숟가락 놓는 소리에도

가슴이
철렁,

서성거려도
두리번거려도

두근두근
낯선 어둠뿐,

아아,
어머니.

첫가을

윤 효

어머니 먼 길 떠나시고 첫가을입니다.

올해에도 감이며 밤, 대추, 은행 주저리로 익었습니다.

어머니 안 계신 뜰에서

이것들이

이것들이

이리도 붉게 여물었다니,

무섭습니다.

어머니, 무섭습니다.

칠흑 고요

윤효

늦은 점심 후루룩 때우고 돌아오니

모니터가 자고 있었다.

한낮에 펼쳐진

칠흑 고요,

그 곤한 잠을 차마 깨울 수 없었다.

안팎살림 짬짬이 눈 붙이시던

어머니,

흙버선.

그날로부터

윤효

고향 선영 아버지 곁에 어머니께서 묻히셨다.
소원하신 지 삼년하고도 넉 달 만이었다.

그날로부터 참아야 했다.

아무리 외롭고 아무리 슬퍼도
나는
참아야 했다.

나무의 눈

이지엽

감고 뜨고 바라보는 눈
나무들도 눈이 있다

새들이 눈부시게 허공을 박차 오르면
저것 봐, 새의 날갯짓 그 물결 넘겨받아
조심스럽게 와 닿는 애잔한 겨울 햇살을
와와 수천의 몸으로 가늘게 쪼개며, 튕기며
일제히 눈을 크게 뜬다

이 땅에 어김없이 오는 봄
바로 이 힘이다.

찢다

이지엽

종이를 찢는다
찢는다라는 것은 아니다라는 뜻
받을 것도 줄 것도 없다라는 뜻
아무것도 아니라는 뜻
그러므로 다시 시작해야 한다는 뜻
처음이라는 뜻

찢다 보니
오십이 넘었다

매번 첫 줄인 詩여

볼펜의 힘

이지엽

볼펜은
볼ball
펜pen

구르는 공과
날카로운 펜촉

그러니까 볼펜은
사람이다

구르다 찢기고
찢기다 다시 구르는 것

누드를 위하여
― 류영도에게

이지엽

달 울음 받아
실안개로 풀리는
선線들이

라르고largo 햇살 모아
곡선으로 휘어진다

그 낙하,
곡진한 무릎 사이
삼천의 꽃
백제 여자여

다시 백담에 들다

이지엽

인제군 남면 수산리 소양호 끝자락
물안개 바다,
하얗게 빛나는 자작나무

어둠 속 혼자서 먹는
순모밀국수 같은
슬픔이여

가을편지

정일근

청솔당 나무우체통 열어보다 가을이 은현리 819번지
시인에게 보낸 편지 한 통 받았습니다
  — 귀뚜라미 한 마리

초이틀 달

정일근

하늘이란 목판 한 장 허공에 던져놓고 스친
보이나 보이지 않는, 보이지 않으나 보이는
목판쟁이의 저 기찬 칼맛 곁에

아서라, 개밥바라기별 같은 낙관 따윈 찍지 마시라

홍농종묘농약상회興農種苗農藥商會 간판을 비판하다

정일근

　내가 자전거 타고 고추 모종 사러 가는 면소재지에
있는 홍농종묘농약상회, 종묘는 땅을 살리는 모종이나
묘목이고 농약은 땅을 죽이고 잡초며 풀벌레까지 죽이
는 극약인데, 우라질 홍농이라니! 주인 있어요, 있으면
나와 봐요,

　홍농종묘농약상회 ; 산부인과와 장례식장이 한 혀에
붙어 있는,

진짜 사과

정일근

기계 기북에 유명한 사과밭 있어 사과 사러 갔더니
바람에 떨어진 사과는 땅에게 주고
날짐승들이 먹고 가는 사과는 하늘에게 주고
첫서리 내린 후까지 달려 있는 사과만 사람의 것이니
그때 다시 오시라는

사과가 아닌 詩를 따러 오라는 한 말씀

이런 도둑놈

정일근

詩달력 만든다기에 詩를 보내주었더니
달력 한 권에 만 원, 십만 원을 또 보내달라기에
이런 도둑놈들 있나 싶어 돈 보내주고
달력 받아 어딘가 처박아 놓고 잊어버렸는데
불쑥 만난 2007년도 새 달력 열 권
나눠주었다면 열 사람이 가져다 썼을 3,650일이
먼지 쌓이고 빛이 바래 누렇다
달력 속에 한 번도 축복받는 날이 되지 못한 숫자들
이
화가 난 눈으로 나를 노려보며
이런 도둑놈!

친전親展

함순례

물에 적신 가제 손수건 씹고 또 씹고

목구멍 안쪽으로 말려들어가는 손수건 꺼내어 주고 새로 적셔주고

밤새도록

물 한 모금 마시는 고행을 마치고, 새로 시작하고

눈부신 봄날

함순례

낮달 같은 달빛 같은 배꽃이 피는 사이
밥알 같은 멀건 흰죽 같은 배꽃이 피는 사이
쌀뜨물 같은 얼룩 같은 배꽃이 피는 사이
메마른 눈물 끝에서 배꽃이 화르르 피는 사이
쉰넷의 한 생애가 깃을 접고 신발을 벗고
배꽃 속으로 그대로 희디흰 배꽃 속으로

뭉클!

함순례

막대기처럼 굳어버린 온몸을 던져 울다가
새벽녘 빈소 귀퉁이에 모로 쓰러져 있다가
어느 결 일어나 앉아 흰 국화에 싸여 있는 얼굴
멀거니 바라보는
바라보고 또 바라보고 있는
소리 없는 통곡에,

담

함순례

우리 동네 연구소가 담장 헐고 작은 체육공원을 꾸몄
는데
사람들은 힐끔힐끔, 바람과 햇살만이 적요했다

한 계절이 지나서야
의자에 앉았거나 팔다리 휘젓는 사람들 여럿
시나브로 붐빈다

사람도 제 옆구리에 낯선 발자국 들이는 거 쉬운 일
아니듯
나중엔 속까지 내어주며 어우러지듯

밤 열한 시

함순례

학원에서 몰려나온 학생들이 뿔뿔이 흩어진 시간
누군가는 불빛 흐린 주점에서 누군가는 달빛 속으로
걸어 들어가는 시간
허리 꼿꼿해지며 눈빛 맑아지는 야생의 시간
잠들기에는 너무 아까운 시간

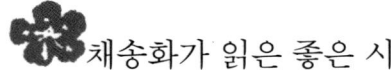채송화가 읽은 좋은 시

등대

채명석

무릎에 턱 괴고 웅크린 채
그대 생각에 잠긴다

그대 보이시나요
당신의 바다에 잠긴 채
무릎 섬 위
깜박이는 등대,

등대는 평생
한 곳만 바라본다지요

— 시집『그때는 그 말을 이해하지 못했다』문학의 전당

이른 봄 남도 여행길에서 만난 화정녀와 남정중. 산둥만을 건너와 긴긴 세월 각자 홀로 선 채로 그리움 견뎌내고 있었다. 해풍에 실려 오는 먼 바다 고래들의 안부만 언덕배기 늙은 담벼락에 그득했다. 한평생 붙박이처럼 당신의 눈빛에만. 당신의 목소리에만, 당신의 소소한 몸짓에만 울고 웃다가. 그 넓은 가슴에 얼굴을 묻고 잠들며, "평생 한 곳만 바라본다지요". 〈김길녀〉

서귀포의 봄

김용길

서귀포 순정純情은
바다 속 드는
비바리 가슴이다
부끄러운 속살
언뜻 비치는

서귀포의 봄은
바람의 길에서 일어나는
빛들의 반란
잠 깨어 우는 꿈이다

— 시집『빛과 바람의 올레』서울문화사

여기 한국의 남쪽 끝 서귀포에서 게처럼 어기적어기적 걸어 다니며, 40여 년을 오로지 제주의 바다와 섬과 바람과 햇살을 노래하는 시인이 있다. 그는 스물에 『문학춘추』를 통해 시인이 된 후, 스물여섯에 다리를 다쳤고, 서귀포에서만 살았다.

그는 시집 여섯 권 중 네 권을 서귀포에서 내어 시집이 거의 알려지지 않았다. 그는 오늘도 좁은 서귀포에서, 나이 10년 위이나 등단은 10년 아래인 한기팔 시인과 35년째 술의 시간을 이어가고 있다. 〈나기철〉

그늘

이상국

누가 기뻐서 시를 쓰랴

강가에서 새들은 날아가고

때로는 횡재처럼 눈이 내려도

사는 일은 대부분 악착같고 또 쪼잔하다

그걸 혼자 버려두면 가엾으니까

누가 뭐라든 그의 편이 되어 주는 것이다

나의 시는 나의 그늘이다

— 〈시와시학〉 2010년 봄호

그렇다. 기뻐서 시 쓰는 사람 없다. 아픈 곳을, 상처를, 딱지를 쓰다듬고 또 쓰다듬는 일이 시 쓰는 일 아닌가? 결핍이, 무거움이, 절벽이 글이 된다. "가엾"고 "쪼잔하"여 변변치 못한 삶의 꼴을 견디고 거두다 보면 어두운 그늘이 시원한 그늘이 되기도 하는 것이다. 그리고 내가 펼친 그늘에서 잠시 어두운 그늘을 닦아내며 쉼표를 찍기도 하겠다. 일찍이 평론가 김현은 "쓸모없는 문학의 쓸모 있음"을 설파하였다. 오늘도 어느 변방에 떨어진 연약한 마음 조각을 찾아 두리번거리느라 그늘을 뜨지 못하고 서성인다. 이 쓸모없는 일이 숨을 쉬게 한다. 〈나혜경〉

공평한 세상

이만식

지진으로 수도가 붕괴되고 행정체계가 마비된 아이
티는 아비규환일 텐데

나는 잠이 안 와서 따뜻한 우유를 마시고 있다.

내가 나중에 죽을 병에 걸려서 나름대로 아비규환일
때

아이티여, 너는 심심한 오후에 따뜻한 차를 마셔라.

— 〈문학청춘〉 2010년 가을호

아이티의 아비규환은 환청처럼 들려오고 잠이 오지 않는다. 우유 한 잔에도 아이티가 목에 메인다. 나의 평화가 죄스럽다. 단순한 대칭구도 속에 엄살을 부리지 않는 담담한 진술이 매우 핍진하게 다가온다. 〈복효근〉

법문 듣는 나무

문영종

   불갑사 일주문 밖 주차장에 오래된 느티나무 두 그루가 하늘에 닿을 듯이 솟아 있는 게 여간 성스럽지 않는 거야 사진을 찍으려고 했더니 나무들이 법당 쪽으로 한 몸처럼 휘어져가는 거야 가만히 보니 그 자세로 일생을 묵묵히 살아왔던 거지 다정한 모녀처럼 부둥켜 법문을 잘 들으려 대웅전에 더 가까이 가려다 보니 발은 떨어지지 않고 몸만 기우려져 가기만 했던 거야 때마침 범종소리 들려오자 나뭇잎들이 바르르 떨었던 게 지금도 내 눈에 훤해

— 〈제주작가〉 2010년 가을호

지금, 내 몸은 어디로 기울어 있고, 귀는 어디를 향해 열려 있는가. 내, 안일까, 밖일까. 세상, 이쪽일까, 저쪽일까. 나는 아직 천명을 알지 못하고, 귀는 순하지 못해 세속의 소문에 곧잘 곤두서며, 좀체 "발은 떨어지지 않고", 아직 마음은 선뜻 산문을 들어서지 못하는데,

순간, 흰해지는 범종 소리에 내 몸의 잎들이 "바르르" 떨리는 걸 보니 아, 어느새 내 나이는 불혹을 훌쩍 넘어가고, 몸은 이미 어딘가로 자꾸만 기울어지고 있구나! 몸 가는 데 마음 갈 터. 〈오인태〉

해수관음에게

홍사성

당신 보면 하고 싶은 말 오직 한마디

오래도록 안고 싶다
찬 돌에 온기 돌 때까지

— 〈현대시학〉 2010년 8월호

올가을 국립중앙박물관은 용산 개관 5주년을 맞아 뜻 깊은 특별전 하나를 꾸렸다. '700년 만의 해후'라는 부제를 달고 펼쳐진 '고려불화대전高麗佛畵大展', 세계 여러 나라에 흩어져 있는 고려 불화들을 한자리에 모은 전시회였다.

우리 선조들의 지극하고도 숭고한 영성과 품격이 어두운 조명 아래 은은히 흐르고 있었다. 숨이 막혔다. 이토록 유려한 선묘와 영롱한 색감을 어떻게 화폭에 새길 수 있었을까.

전시회에 다녀와서 이 시를 다시 읽었다. 그렇다. 간절함이었다. "찬 돌에 온기 돌 때까지" 뜨거운 숨결을 이어간 사무침이었다.

그렇다면 해수관음이 "하고 싶은 말"은 이것이 아니었을까. '네 몸의 온기 식을 때까지, 네 몸이 돌이 될 때까지 간절히, 간절히 사무쳐라'. 우리는 이 시를 통해 해수관음의 "한마디"를 비로소 듣는다. 〈윤효〉

임시가옥

조정권

갑자기 추워져 온 밤중에 함박눈발이 막사 안으로 들어와 향기롭다

우린 이제 잔다 연탄난로야 홀로 밤 좀 지켜주렴

김장독 덮어둔 지푸라기 위로 하얀 무덤 봉우리가 생기겠네

— 〈시를 사랑하는 사람들〉 2010년 11,12월호

경제는 나아졌다고는 하지만 아직도 이렇게 사는 사람들이 있다. 그러나 어떤가. 임시가옥일망정 김장을 담가두고 난로도 있으니 걱정 없다. 함박눈발도 상큼하고 향기롭다. "하얀 무덤 봉우리"도 그리 비극적이지 않다. 아마 내일 아침 콧등 언저리는 빨갛겠다. 콧물 질질거리며 고양이 세수를 하던 그해 겨울…… 물큰 중랑천 둑방이 그리워진다. 없이 살아도 좀 더 따뜻함이 넘쳐야겠다. 〈이지엽〉

파종

강회진

겨우내 잠들어 있던 씨앗들 놀랠까봐
아버지는 손에 흙을 묻히고

— 시집『일요일의 우편배달부』문학들

씨앗들은 겨우내내 맨몸으로 잠들어 있었다. 시인의 아버지는 맨손으로 씨앗을 만지며 행여 잠자던 씨앗들이 놀랠까봐 자신의 손에 흙부터 먼저 묻힌다. 씨앗의 고향이 흙이니 흙 묻은 흙손으로 씨앗을 만지고 깨워서 이제 일어나야지, 이제 일어나야지 깨우며 땅에다 뿌린다. 파종은 농사의 시작이다. 그 처음부터 자연과의 자연적인 교감을 시작하는 그 아버지의 농사는 해마다 풍년이었을 것이고, 그 모습을 지켜본 어린 딸은 자라서 시인이 되었을 것이다. 아버지가 땅에는 씨를, 어린 딸에게는 詩를 파종한 것이다. 단 두 행의 시 뒤에 한 해 농사가 생략되어 있고 시인의 이야기가 생략되어 있지만 이 시야말로 가장 길게, 가장 오래 읽어야 할 시일 것이니. 〈정일근〉

선글라스를 사러가서

유안진

좀 더 검은 렌즈는 없네요
더 검은 렌즈로 주문해야겠습니다

손님, 더 검은 렌즈는 아무것도 안 보입니다

아무것도 안 보여야
내가 보일게 아닙니까
그게 필요합니다 나는.

— 〈시와정신〉 2010년 가을호

나는 누구인가. 우리 삶의 대부분은 나를 제대로 바라보는 일에서 출발한다. 내가 어렴풋이 보이는 날도 있지만 칠흑처럼 어두운 날도 있다. 나도 지금 아주 검은 선글라스를 사러 가야 할지도 모르겠다. 〈함순례〉

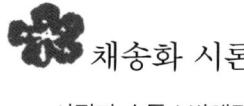 채송화 시론

서정과 소통 | 박해림

서정과 소통

박해림(시인)

1. 서정

서정시를 이해하는 방법은 다양하다. 다이터 람핑은 노래하기에 보다 적합한 서정적 시, 낭독하기에 보다 적합한 서정적 시, 그리고 읽기에 보다 적합한 서정적 시로 구분하는데 고대 그리스에서 그 뿌리를 둔 이러한 시정시 읽기는 서정적이거나 서정적일 수 있는 그 어떤 형식을 통해 이해가 가능하다. 또한 일반적으로 널리 알려진 시인 자신의 체험과 감정을 표현하는 문학, 즉 '자기 발언' — 시인 개인의 발화이며 주관적 발화라는 관념이 지배하고 있는 것으로도 이해할 수 있다. 또한 체험과 정조情調에 기반한 '체험 서정시 및 정조 서정시Erlebnis-und Stimmungslyrik' 등으로 규정하고 있다.

서정시에 대한 많은 연구가 중 르네 웰렉의 불만은 매우 그럴 듯하다. 근래 서정시 이론들이 서정적인 것에 대한 본질 해석에 지나치게 집착한다는 것이다. 회색 이론의 중언부언은 서정시를 이해하는 데 그다지 도움이 되는 것 같지 않다. 각기 다른, 다양하고 복잡한 구구한 서정시 이론에 회의적 반응을 갖는 것은 그만큼 서정의 본질에서 멀어진다는 것을 의미하기 때문이다. 그렇다 하더라도 자유로운 시적 발화로서 서정시의 규정은, 서정적 발화는 원칙적으로 모든 발화상의 강제들로부터 자유로울 수 있다는 사실을 인정하지 않을 수 없다는 것에 동의한다. 그러니까 구체적인 텍스트들이 결코 시적 진술의 모든 제약들이 포기되어 있지 않으며, 단지 개별적인 제약들만 포기되어 있어 어떤 구체적 텍스트가 서정적인 것으로 파악될 것인지에 대한 물음은 남아 있다는 주장인데 충분히 납득할 만하다.

대체로 서정시란 발화의 모든 제약들로부터, 즉 체험과 감정과 같은 특별한 발화의 대상과 발화의 상황으로부터 자유를 그 특징으로 규정하지만 에밀 슈타이거가 '서정적인 것'과 매우 짧은 문학 장르로서의 '서정시'를 언급하며 정언한 '서정시'와 '서정적인 것'의 개념도 이해의 폭에 도움을 주는 것은 사실이다. 과거 수많은 연구자들에 의해 여전히 서정시와 서정적인 것과 장르에 대한 논쟁이 분분하지만 이론을 뛰어넘어 한 편의 서정시를 이해하는 데 그다지 복잡할 것은 없을 것이다. 우리가 얼마 정도의 시적 자유를 취하고 있는 어떤 텍스트가 서정적인 것인지 아닌지, 그것이 취하고 있는 것으로 생각되는 자유의 정도에 따라서 그때마다 결정하는 것이 낫겠다고 생각할 수 있는 것이다.

'말로 할 수 있는 건 명확하게 말해야 하고, 말할 수 없는 것에는 침묵해야 한다'라든가, '우리의 삶은 꿈과도 같다. 좀 나을 때 우리는 단지 우리가 꿈을 꾸고 있다는 것을 깨달을 수 있을 정도로 깨어 있다. 그러나 대부분의 시간에 우리는 깊이 잠들어 있다.'라고 설파한 비트겐슈타인은 인간의 삶에 대한 깊은 통찰을 보여준다. 본질적 사유, 즉 어떤 대상을 통해 감각하고 교감하며 관계를 맺는 과정을 통해 自자와 他타의 유기적 성립이 이루어지는 것이다. 경험을 넘어서 사물의 본질에 이를 수 있다는 것, 언어를 가진 존재로서 초감각적 세계를 추구하고 있다는 것은 인간이 가진 가장 큰 장점 중의 하나다. 서정적 인식이란 바로 이런 것은 아닐까.

그는 언어를 통해 우리가 사고하는 것을 그림으로 정의하고 이른바 '그림 이론picture theory'을 전개한다. 그러니까 우리의 사고는 실제의 그림이고 언어는 이 사고를 눈에 보이게 표현하는 것이다. 예술이 현실을 모사한다는 원리의 미메시스와는 또 다른 실재이다. 즉, 있는 그대로 '스스로를 드러낸다'로 이해하는 것이 빠르다. 논리적으로 설명할 수 없는 것, 말로 다할 수 없는 이 세상 만물은 일정한 그림 형식으로 드러난다는 것인데 서정적 인식이 이러한 그림 형식과 유사하다.

우리의 삶을 지배하는 이러한 철학적 사고는 이제 철학자의 전유물이 아니다. 빠르게 변화하는 이 시대를 살아가는 모든 이들의 것이다. 인문학적 사고와 더불어 예술 일반에도 더 이상 낯설지 않는 이와 같은 이론은 일상의 곳곳에 적용되며 객관적 양상을 보인다.

시에 대해 차가운 논리를 끌어대거나 이 여린 꽃봉오리 같은 형상체로부터 단어들과 이미지들을 떼어내는 일에 대한 강한 반감을 가지는 것은 있을 수 있는 일이다. 다만, 이러한 반응에 대해서, 우리가 꽃들을 응시한다고 해서 그것들이 결코 시드는 것이 아니라는 점을 말해두어야만 하겠다. 시들은 그 자체가 생명력을 지니고 있으며, 그것도 매우 독특하게 생명력을 지니고 있어 가장 공격적인 작전도 이겨낼 수 있는 것이다.

브레히트가 그의 책『서정시에 대해서』에서 밝힌 발언은 매우 재미있다. 알듯 말듯 어려운 용어와 역사, 시간, 복잡하고 난해한 논리와 이론으로부터 건재하고 있는 서정적 대상인 "꽃"은 역시 서정적 주체의 눈에 온전히 살아남아 있음을 밝힌다. '매우 독특'한에 강조한 생명력은 가장 본질적인 것이며, 그 어떤 외부적 요인에서도 훼손되지 않고 그 자체로 온전하다. 주체와 객체의 관계에서 서정적 인식의 객체로서 주체의 주관에 이입되어 절대적 가치로 현현하는 것일 뿐이다.

가령, 노암 촘스키에 의하면 지구상의 모든 사람들은 자기

네 언어가 다른 언어보다 우수한 것으로 믿는다고 한다. 혹은 자기네 언어가 더 명료하다고 믿거나 더 어렵다고 믿기도 한다. 특히 프랑스 사람의 경우, 그 어순이 자연스러운 사고의 순서와 같기 때문에 매우 과학적인 언어라고 여긴다는 것이다. 재미있는 것은 독일어이다. 프랑스 사람들은 독일어를 문학적 언어라고 생각한다는 것이다. 지극히 자연스럽게 생성된 이러한 사고가 순전히, 전적으로 국수주의에 바탕을 둔 것이라는 사실을 이제 우리는 알고 있다. 언어는 어디까지나 언어일 뿐, 언어의 우열이 없음이 이미 증명된 바, 다분히 사회정치적인 개념이나 역사, 문화의 차이에서 생성된 것임을 알아차리는 것은 어렵지 않다. 그러므로 그 어떤 특별한 언어를 쓰는 민족일지라도 개인마다 감각하는 서정은 절대적 가치를 지니고 있음을 인지할 수 있다. 그러니까 모든 나라, 민족에 있어 '더 어렵거나 더 쉬운 언어는 없다'는 언어 이전의 본질적 존재로서 서정적 주체는 모든 자연과 사물 속에 합일되고 있다.

하지만 문명 앞에 놓인 주체는 서정과 서정적인 것과 분명한 거리를 갖고 있다. 문명이란, 거대한 객체와 마주한 오늘날의 서정적 주체는 경험 세계에 반응하고 지각하는 인식의 또 다른 이름이다. 일찍이 베르그송은 문명이란 이름 아래 습관화되고 기계화되고 있는 인간의 모순을 경고했다. '습관은 석화石化된 생명이다.'라는 단언으로 기계적으로 사유하

거나 행위하는 모든 것에 일침을 놓았다. 생명은 숱한 자발성이요, 생기요, 운동인데 그것이 석화된다는 건 우리의 습관이 석화된다는 의미이다. 즉, 습관은 생명의 새로운 운동성이나 창조나 생기를 상실하게 하는 것이기에 기계화 문명이 발달하면 할수록 길들여지는 습관의 석화石化를 경계해야 할 것이다.

오늘날, 소통부재의 몸살을 앓고 있는 문학도 이와 무관하지 않을 것이다. 시에 있어서 특히 그러하다. 순수와 서정을 문학의 본질로 삼으면서도 한편으로는 보다 문명화된 도회적 삶과 문명의 속도에 길들여지고 습관화되어 방향을 잃고 있는 것이다.

2. 소통

〈작은詩앗·채송화〉는 이제 일곱 번째 동인지를 내게 되었다. 시작한 지 세 해만인데, 잰걸음이다. 작고 낮은 존재이면서 시에 대한 열정만큼은 커다란 〈작은詩앗·채송화〉 동인들은 오늘도 따로 또 함께 서정을 고민한다. 고민하면서 고집하는 특별한 이유는 바로 관계와 소통일 것이라고 짐작한다.

주체와 타자의 관계에서 소통만큼 중요한 것은 없다. 앞서 전개한 서정과 서정성, 서정적인 것, 서정시, 언어, 발화,

생명, 미메시스의 유사성도 모두 소통을 위한 것이 아니겠는가. 시와 독자가 제각각 제 말하고 싶은 것만 말하고 제 보고 싶은 것만 본다면 소통부재 이전 단절이다. 눈으로 보되, 본 것이 아니다. 입으로 마음으로 가슴으로 말하되 이야기한 것이 아니다. 발화자가 경험한 주관적 정서와 내적 세계가 타자의 정서에 이입되어 확장되는 카타르시스는 아주 민감한 관을 타고 씨방이 터지듯 순간 발아한다. 그럴 때 한갓 배경으로 남게 된다는 것이다. 마주하되 함께하지 못하는, 모양만 그럴 듯하게 갖춘 소통부재의 정서가 이 순간에도 도시를 질주하고 있을지 모른다.

이들 동인들이 추구하는 순간적인 삶의 단면은 순간적인 정서와 감성이 과거, 현재, 미래를 압축하고 현재 속에 놓인다. 정제된 언어의 미적 거리는 대상에 대한 그리움으로 환원되기도 하고, 심미적 관계를 밀착시키기도 한다. 시적 대상과의 거리를 객관적으로 바라볼 수 있다는 것은 분명 소통이 된다는 것을 의미한다. 소통부재의 시가 갖는 특징은 심리적 거리가 부족한 것이며, 또는 넘치는 것이 된다. 이들의 메시지는 그다지 어렵지 않다. 인내도 많이 요구되지 않는다. 조금만 오래 들여다보면 대상의 내부세계를 지각하는 서정적 주체의 실체를 만날 수 있다. 그 이면에 놓인 풍경의 세계에서 언어적 미각을 느낄 수 있으며, 현실 세계의 부정이 아니라, 있는 그대로 명백한 실체를 만날 수 있다.

조금만 더 다가가면 결texture이 만져질지 모른다. 추상이 아니라, 관념이 아니라, 구체적 실체의 속살을 만날 수 있을 것이다. 시의 행간에 다 쏟아내지 못한 이야기들이 그림언어로 발아하고 있는 것을 확인할 수 있다. 시의 구조와 독립해서 존재하는 의미들의 전 영역으로서 결을 말하지만 이들은 이 모두를 포함한다. 짧은 이야기 속에 구분되어지는 것들은 하나하나 생명을 가지기 때문이다.

다시 비트겐슈타인의 말이 필요할지 모르겠다. '말로 할 수 있는 건 명확하게 말해야 하고, 말할 수 없는 것에는 침묵해야 한다'는, 그래서 소통되지 않는 것을 최대한 제거해 버리는, 이 시대 진정 필요한 서정을 추구하고 소통을 위해 고민하는 것이라고 귀를 기울일 수 있겠다. 군더더기 없는 시와 군더더기 없는 행간의 여백은 비로소 시를 시답게 한다.

소통을 꿈꾸는 것은 비단 시인뿐만 아니다. 독자 역시 소통을 꿈꾼다. 시집 한 권 옆에 끼고 우주를 만나는 기쁨은 시인의 몫이 아니다. 우주라는 공간 속에서 자아의 동일성을 이루고 카타르시스를 만나는 것은 분명 독자에게만 느껴지는 행운이다. 아무도 강요하지 않고 설명하지 않는 시여야 한다. 시를 읽으면서 서정적 주체가 느껴져야 한다. 그 주체가 바로 '나'라는 사실을 공감각으로 껴안아야 한다. 당연히 긴 시가 필요치 않다. 하지만 서정의 옷을 입고 색을 칠했다고 다 서정시가 아니듯 짧은 시가 다 서정시의 대표적 표상은 아니다. 좋은 서정시는 독자가 성큼 다가갈 수 있도록 견인하는 힘이 있어야 한다. 들여다보는 순간 왈칵 끌어안는 강하고 부드러운 힘을 보여주어야 한다. 입술을 부비고 싶은 열정이 있으면 더 좋을 것이다. 노래가, 이야기가 만져져야 한다. 그렇다고 길고 무거울 필요는 전혀 없다.

〈작은詩앗·채송화〉 동인의 목소리는 이제 웬만큼 소통되었다고 생각한다. 이들의 목소리 역시 귓전에서 맴맴거리고 있다. '언제부터인가 시가 길어지고 있습니다. 시가 길어지면서 시가 어려워지고 있습니다. 시가 어려워지면서부터 시가 독자를 잃어가고 있습니다. 독자뿐만 아닙니다. 시에서 노래가 사라지고 있습니다. 노래를 잃은 목쉰 소리의 시들이 유령처럼 떠돌고 있습니다. 시가 시 속에서 길을 잃을 때가 많습니다. 시가 낯선 얼굴로 찾아와 길을 물어볼 때도 있습니다.' 독자에게 호소하고 설명하고 보여주는 이들 동인들의 결과물인 〈작은詩앗·채송화〉 시집이 문명의 이기에 문학이 설 자리를 잃는 이 때, 속도와 단절과 고층 빌딩으로 대표되는, 길이와 두께와 난해함으로 얼룩진 이 시대의 진정한 소통의 한 장으로 지속적으로 노래하기를 소망한다.

작은詩앗·채송화 제7호
칠흑 고요

초판 1쇄 인쇄일·2010년 12월 10일
초판 1쇄 발행일·2010년 12월 16일

지은이 | 작은詩앗·채송화
펴낸이 | 노정자
펴낸곳 | 도서출판 고요아침
주 간 | 이지엽

출판 등록 2002년 8월 1일 제 1-3094호
120-814 서울시 서대문구 북가좌동 328-2 동화빌라 101호
전화 | 302-3194~5, 3144
팩스 | 302-3198
e-mail : goyoachim@hanmail.net

ISBN 978-89-6039-358-5(04810)